AF375599

Analyse de l'œuvre

Par Noé Grenier

Le Fou d'Elsa

de Louis Aragon

Rendez-vous sur lepetitlitteraire.fr et découvrez :

Plus de 1200 analyses
Claires et synthétiques
Téléchargeables en 30 secondes
À imprimer chez soi

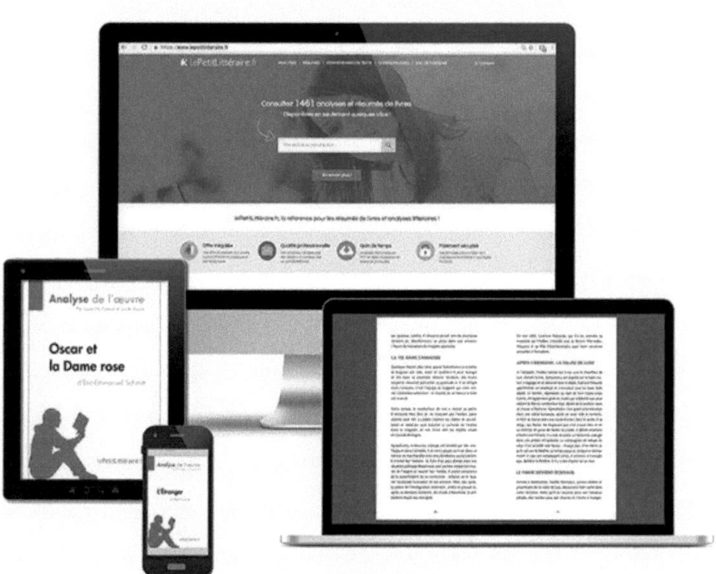

LOUIS ARAGON

ÉCRIVAIN ET POÈTE FRANÇAIS

- **Né en 1897 à Paris**
- **Décédé en 1982 à Paris**
- **Quelques-unes de ses œuvres** :
  - *Le Roman inachevé* (1956), recueil de poésie
  - *Elsa* (1959), recueil de poésie
  - *La Mise à mort* (1965), roman

Louis Aragon est un romancier et poète majeur de l'histoire littéraire du XXe siècle. Il est notamment connu pour son engagement politique en tant que résistant pendant la Seconde Guerre mondiale, puis en tant que membre du Parti communiste et journaliste à *L'Humanité*. Son œuvre poétique mêle des influences du mouvement surréaliste avec des inspirations plus classiques, et d'autres encore empruntées à Apollinaire.

Son œuvre de romancier se rapproche du surréalisme, même s'il se revendique souvent du réalisme. L'engagement politique de l'écrivain transparait dans beaucoup de ses œuvres. Après la Seconde Guerre mondiale, Louis Aragon consacre une part de plus en plus grande de ses écrits à celle qui fût à la fois sa muse, son inspiration et le grand amour de sa vie : Elsa Triolet.

LE FOU D'ELSA

L'AMOUR MYSTIQUE PENDANT LA PRISE DE GRENADE AU XVᵉ SIÈCLE

- **Genre** : poésie, roman
- **Édition de référence** : *Le Fou d'Elsa*, Paris, Gallimard, 2015,550 p.
- **1ʳᵉ édition** : 1963
- **Thématiques** : guerre, amour, Andalousie, histoire, Orient

Le Fou d'Elsa est autant un roman qu'un grand poème de 500 pages. Le livre relate l'histoire de l'Andalousie du siècle et plus particulièrement de la ville de Grenade, avant que les Espagnols ne la reprennent aux mains des Maures (population originaire de la Mauritanie ancienne, qui équivaut au Maghreb actuel). Il évoque aussi l'amour fou d'un poète pour une femme vivant dans le futur et qu'il voit en vision, Elsa. Ce livre est à la fois une grande déclaration d'amour à Elsa Triolet (épouse de Louis Aragon et femmes de lettres, 1896-1970) et une prise de position politique forte. À travers cette œuvre, Aragon nous fait part de sa position par rapport à la guerre d'Algérie, au lendemain de la guerre et de l'indépendance du pays, dans un contexte mondial de décolonisation. Pour ce livre, Aragon a effectué un véritable travail de chercheur, en s'intéressant à l'histoire de l'Andalousie musulmane et en étudiant les genres poétiques orientaux. *Le Fou d'Elsa* est souvent considéré comme l'œuvre poétique la plus monumentale de Louis Aragon ; un livre dont la beauté et la complexité furent rarement égalées.

RÉSUMÉ

Le Fou d'Elsa est une œuvre poétique avec une forte dimension narrative. Au moins trois histoires y sont imbriquées :

- La rêverie de l'auteur à propos de l'Andalousie du siècle et son rapport à l'histoire.
- L'histoire « politique » : le roi Boadbil, les luttes pour le pouvoir à Grenade, la guerre et la chute de Grenade ;
- L'histoire d'amour : Les mésaventures de Keïs Ibn Amir, aussi appelé Medjnoun (le fou).

La première dimension narrative est écrite du point de vue de l'auteur et se déroule au moment de l'écriture du livre. On la retrouve au début du texte et elle revient ensuite par intermittence. Les deux autres se déroulent en Andalousie, dans la ville de Grenade à la fin du siècle, alors occupée par les Maures depuis plusieurs siècles. Au moment du récit, les Castillans mènent une guerre contre les Maures pour leur reprendre l'Andalousie.

UNE RÊVERIE ANDALOUSE

Au début du *Fou d'Elsa*, l'auteur s'exprime sur ce qui l'a amené à écrire sur Grenade avant l'invasion des Rois Catholiques. Il s'agit de tout un ensemble de raisons, « une convergence » plutôt qu'une « coïncidence » (p. 16), comme le dit l'auteur. L'Andalousie a habité l'imaginaire de Louis Aragon depuis l'enfance. Il retrouve cette rêverie beaucoup plus tard, à travers une chanson intitulée « La veille où Grenade fût prise » : une faute de français, une faute de syntaxe qui exprime pour lui une grande amertume (pour être correcte, la phrase devrait être « la veille du jour où Grenade fut prise). Il retrouve aussi cet imaginaire à travers Elsa Triolet et un poème russe qu'elle lui fait lire et dont un des vers évoque l'Andalousie : « Grenade mes amours Grenade ma Grenade ». C'est donc avec l'auteur que s'ouvre le livre, et Aragon continuera d'intervenir à plusieurs reprises au cours du livre. D'abord comme commentateur, puis, de plus en plus, comme personnage. Il commence par se confondre par endroits avec le Medjnoun, un de ses personnages principaux, puis finit par dialoguer directement avec lui à la fin du livre.

LA CHUTE DE GRENADE

Les luttes pour le pouvoir à Grenade

La majeure partie de l'histoire se situe avant la chute de Grenade, « la veille où Grenade fût prise ». L'auteur nous plonge avec talent dans l'angoisse de la catastrophe à venir. Grenade est alors déchirée par des luttes intestines pour le pouvoir. Le roi en place est l'Emir Aboû'l Hassan. Avec la reine Aïcha, ils ont deux fils : Boadbil et Youssef. Un « wazir », propriétaire terrien et magistrat très influent à Grenade du nom d'Aboûl Kassim conspire pour étendre son pouvoir et profiter du chaos créé par la succession de l'Émir et la guerre avec les Castillans. Prêt à tout, il convainc d'abord l'Émir de refuser la succession à Boadbil et Youssef, pour nuire à leur mère Aïcha. L'Émir, persuadé par son conseiller que ses deux fils, Boadbil et Youssef, conspirent pour lui ravir le pouvoir, tente de les faire tuer ; mais ces derniers parviennent à s'enfuir. À l'occasion d'une défaite, l'Émir perd en popularité auprès des nobles et du peuple. Le wazir Aboû'l Kassim se retourne alors contre lui et utilise son influence pour faire accéder Boadbil au pouvoir. Plus tard,

Aboû'l Kassim trahit à nouveau Boadbil, l'héritier légitime du trône de Grenade et se rallie à Zagal, l'oncle de Boadbil. Zagal et Boadbil entrent alors en guerre. Après une victoire, Zagal emprisonne Aïcha la mère de Boadbil et fait tuer Youssef. Finalement, Boadbil triomphe et exile Zagal. Telle est la situation lorsque le siège de Grenade par les armées castillanes du roi Ferdinand commence.

La guerre contre le roi Ferdinand et le siège de Grenade

Les armées de Ferdinand, le roi de Castille, progressent en Andalousie. Elles remportent plusieurs batailles et prennent des villes aux mains des Maures, notamment grâce à l'usage d'une nouvelle arme : les canons. Les armées maures de Boadbil effectuent des raids réguliers contre les armées castillanes. Finalement, les armées de Ferdinand assiègent Grenade. La ville est encerclée et les provinces alentour sont envahies par les Castillans. Si bien que la ville de Grenade n'est plus approvisionnée et que la famine s'installe. Pendant ce siège, le doute s'empare de Boadbil : tous ces maux qui s'abattent sur Grenade et le peuple maure d'Andalousie sont-ils la volonté de Dieu ? Un soir de ramadan, un incendie se déclare dans le campement des armées du roi Ferdinand qui assiègent Grenade. Les armées maures en profitent pour donner l'assaut, mais essuient une nouvelle défaite. Néanmoins, les Castillans sont contraints de construire des campements moins sensibles aux incendies, ce qui laisse une courte trêve aux habitants de Grenade.

La reddition

Avec l'afflux des paysans des régions alentour dans la ville de Grenade, les tensions communautaires montent. Le siège devient si dur à tenir qu'une reddition est finalement négociée entre Boadbil et le roi Ferdinand, sous la pression des notables de la ville et par l'intermédiaire de l'ambitieux wazir Aboû'l Kassim. Toutefois, une trêve de 90 jours est accordée avant d'ouvrir la ville aux Castillans et Boadbil espère avoir le temps d'appeler des renforts berbères, venus de l'autre côté de la Méditerranée. Cependant, les tensions communautaires s'intensifient et un soir d'hiver, la population de Grenade s'en prend aux Juifs dans un déchainement de violence extrême. Finalement, Grenade est envahie par les Castillans et l'Émir Boadbil s'enfuit au Maroc.

LES MÉSAVENTURES DU MEDJNOUN

Dans la capitale andalouse assiégée vit un poète. Son nom est Keïs Ibn Amir., mais tout le monde l'appelle « le Medjnoun », ce qui signifie « le fou ». Le Medjnoun passe son temps à déclamer des poèmes variés. Tous, cependant, ont un point commun : ce sont des poèmes d'amour à Elsa, une femme qui n'existe pas encore, une femme à venir, qui vivra quatre cents ans plus tard, en pays « ifrandj », étranger. Medjnoun est accompagné de son disciple, Zaïd, qui transcrit et commente les poèmes que Medjnoun compose et déclame. À travers le Medjnoun, l'auteur Louis Aragon produit les plus beaux poèmes d'amour à Elsa. C'est encore à travers ce personnage qu'Aragon écrit que « l'avenir de l'homme est la femme » (p. 196)

Alors que la guerre contre les Castillans fait rage et que Grenade est assiégée, le Medjnoun est arrêté, battu, fouetté et amené devant un juge. Il est accusé d'hérésie et de blasphème. Son crime : prier vers le Nord-Est et non en direction de la

Mecque. Le Medjnoun explique à son procès qu'il prie Elsa ; à ses yeux, tout n'est désormais plus que prière pour Elsa et il a choisi de louer la beauté créée par Dieu plutôt que Dieu lui-même. Lorsqu'il est interrogé par le juge, qui veut faire comparaitre ladite Elsa, le Medjnoun explique que la jeune femme n'existe pas encore. Le juge conclut à un blasphème de la pire espèce, mais plutôt que de faire torturer et exécuter le Medjnoun, il l'enferme dans les cachots sous le palais de l'Alhambra.

Les soldats viennent voir le Medjnoun pour écouter ses chants et ses poèmes après les batailles. Finalement, le général de Boadbil convoque Medjnoun et, ému par ses poèmes, le fait libérer. Medjnoun continue d'errer dans Grenade, voyant la ruine à venir. Après la chute de Grenade, Zaïd, le disciple de Medjnoun l'emmène se réfugier dans une grotte, où le Medjnoun va continuer à chanter son amour pour Elsa et définitivement sombrer dans la folie.

ÉTUDE DES PERSONNAGES

LE MEDJNOUN

Le Medjnoun, aussi appelé Keïs Ibn Amir, est le personnage-titre du livre : Medjnoun veut dire fou, et c'est le Medjnoun d'Elsa, le fou d'Elsa. Beaucoup des poèmes du livre lui sont attribués. C'est un vieil homme habité par des visions mystiques : il a aperçu l'avenir au cours d'une de ces visions et dans cet avenir, il a vu une femme, Elsa, dont il est tombé éperdument amoureux. Il dédie alors sa vie à proclamer son amour pour cette femme qui n'existe pas encore. Il est souvent raillé par les habitants de Grenade, qui le prennent pour un dément. Sa dévotion pour Elsa finira se retourner contre lui, puisqu'il est finalement accusé de blasphème avant d'être frappé, fouetté et emprisonné. Comme nous l'avons expliqué précédemment, un processus d'identification complexe s'instaure entre l'auteur et le personnage-titre. Au fil du livre, Aragon et Medjnoun vont parfois se confondre, comme dans le poème « Ici sais-je si c'est l'auteur ou le Medjnoun qui parle » (p.333). Pire encore, le personnage va entrer en concurrence avec l'auteur pour l'amour d'Elsa, si bien qu'Aragon – l'auteur – devient lui-même un personnage du livre.

ZAÏD

Zaïd est le disciple du Medjnoun. On sait peu de choses de ce personnage, si ce n'est qu'il est jeune et qu'il accompagne le Medjnoun. Zaïd apparait dans l'histoire d'abord comme un commentateur. À la suite des poèmes du Medjnoun, Zaïd appose ses commentaires, la façon dont le Medjnoun a composé le poème, la façon dont il l'a compris. Ces commentaires permettent d'en savoir plus sur le Medjnoun et sur sa relation avec Zaïd. Au cours de la narration, Zaïd va prendre plus d'importance : c'est lui qui permet au Medjnoun de s'échapper de Grenade au moment où la ville tombe aux mains des Castillans. Après la chute de Grenade et la fuite, Zaïd devient le principal narrateur de l'histoire : à travers ses journaux, on prend connaissance de leur exil dans une grotte et la façon dont le Medjnoun est de plus en plus rongé par la folie.

ELSA

Personnage omniprésent dans le livre, Elsa est pourtant absente de l'histoire. Dans le livre, Elsa est la femme que le Medjnoun aperçoit dans ses visions futuristes. Dans la réalité, il s'agit d'Elsa Triolet, le grand amour de Louis Aragon. Dans le temps du récit, elle n'existe pas encore. Et pourtant, c'est pour elle que sont composés tous les poèmes du Medjnoun. Comme elle n'apparait jamais dans la narration, le lecteur ne peut se faire une image d'elle qu'à travers les poèmes du Medjnoun. En fait, Elsa est absente. Ce qui est présent dans *Le Fou d'Elsa*, c'est l'image d'Elsa. Ainsi, Elsa est un personnage purement idéalisé : il n'y a pas de description de son aspect physique ni de description de son caractère ou de ses traits psychologiques.

BOADBIL

Boadbil est le dernier Émir de Grenade. L'auteur précise au début du livre que Boadbil est resté dans les livres d'histoire comme un roi lâche et faible, et nous propose une description complètement différente du personnage. Boadbil est un Émir fort et rusé, qui a su accéder au pouvoir malgré des luttes terribles pour la succession du trône. Dans ses négociations avec son ennemi le roi Ferdinand, il fait preuve d'intelligence et est avant tout préoccupé par la survie de son peuple et de Grenade. Le jeune Boadbil est aussi en proie au doute. Les invasions des armées castillanes, la chute prochaine de Grenade et la destruction du royaume d'Al-Andalous font vaciller sa foi : toutes ces épreuves sont-elles la volonté de Dieu, ou le signe de son impuissance ? Boadbil n'hésite pas à chercher conseil auprès de sa mère Aïcha et même à se déguiser pour aller écouter les philosophes qui débattent dans les quartiers pauvres de Grenade.

LE WÂZIR ABOÛ'L KASSIM

Le wazir Aboù'l Kassim est un homme influent à Grenade. Il possède de nombreuses terres aux alentours de la ville et une grande partie du ravitaillement de la ville dépend donc de lui. C'est aussi le chef des polices et un conseiller influent. Aboù'l Kassim est avide de pouvoir et c'est en partie cette avidité qui va mener Grenade à sa perte. En effet, il profite des luttes intestines et de la guerre avec le roi de Castille pour étendre son pouvoir et son influence. Il n'hésite pas à dresser l'Émir contre son fils Boadbil, puis à trahir l'Émir pour soutenir Boadbil, avant de commettre une nouvelle forfaiture en soutenant l'oncle de Boadbil. Il ira même jusqu'à négocier avec le roi Ferdinand au détriment de Boadbil.

ABOÙ'L HASSAN

Aboù'l Hassan est le père de Boadbil et l'avant-dernier Émir de Grenade. À la fin de son règne, il se laisse convaincre de déshériter Boadbil et son frère qui sont les fils de sa favorite, la reine Aïcha. Il tente sans succès de tuer Boadbil et son frère.

ZAGAL

Zagal est l'oncle de Boadbil. À la mort de l'Emir Aboù'l Hassan, il tente de s'emparer du trône. Il sera défait par Boadbil et devra s'exiler à l'extérieur de Grenade. Plus tard, il se rallie aux Castillans contre Boadbil, mais aussi contre Grenade et son propre peuple. Il finira exilé au Maroc, où il se fait crever les yeux et finit sa vie dans la misère et la souffrance.

CLÉS DE LECTURE

UNE PLURALITÉ DE GENRES ET DE FORMES

En sous-titre du *Fou d'Elsa*, Aragon écrit « poème ». Mais *Le Fou d'Elsa* est bien plus qu'un poème de 500 pages. C'est aussi un roman : il y a une narration, des personnages et plusieurs intrigues : les luttes pour le pouvoir dans la famille royale de Grenade, la guerre des Maures et des Castillans, la chute de Grenade, les chants du Medjnoun, son amour pour Elsa – une femme qui n'existe pas encore – et l'histoire de Zaïd, le disciple de Medjnoun. Aragon a longtemps revendiqué le fait qu'il refusait de faire une différence entre le roman et le poème. Pour l'auteur, *Le Fou d'Elsa* est la mise en application concrète de ce principe. Cependant, dire qu'une œuvre aussi monumentale constitue un poème-roman serait encore trop réducteur.

En fait, *Le Fou d'Elsa* combine des genres et des styles très différents, qui se succèdent et se répondent. On trouve des parties où l'auteur parle à la première personne de ses réflexions sur Grenade et sur l'histoire qu'il est en train de raconter, mais aussi des parties où le narrateur change : Zaïd ou Boadbil deviennent à leur tour conteurs du récit. Des traces d'un style théâtral sont aussi présentes, notamment à travers le dialogue de Boadbil et Aïcha dans 1490. Des chapitres en vers alternent avec des chapitres en prose. Enfin, les formes poétiques sont très variées : on retrouve des cantiques et des prières, sur le modèle biblique, des formes de poésies européennes, avec des formes de rimes et de métriques très diverses. Mais surtout, il y a de nombreux poèmes qui empruntent à la poésie orientale : le zadjal – un type de poésie arabe d'Andalousie – le gazel – une forme de poésie persane du moyen-âge – ou encore la prose Saj – une prose religieuse arabe avec des rimes et un travail sur le rythme.

La combinaison de ces genres divers sert plusieurs buts : représenter le mélange des cultures à Grenade au XVᵉ siècle et faire dialoguer les arts occidentaux et orientaux entre eux. Par exemple, dans les poèmes de Medjnoun, l'auteur fait s'interroger son commentateur Zaïd sur les possibles influences gitanes, étrangères (ifrandji dans le texte) ou castillanes de tel ou tel poème. La juxtaposition et le mélange de tous ces genres littéraires et poétiques est à l'image de la Grenade du XVe siècle, telle qu'Aragon la décrit : un exemple de raffinement des civilisations et un véritable carrefour des cultures. À l'époque se côtoient en effet des gitans, des Maures musulmans, des Juifs, des chrétiens castillans et étrangers. Les arts et la culture à Grenade ne reçoivent pas seulement l'influence de ces groupes, mais aussi les influences culturelles persanes, arabes et européennes. De la même façon que les genres et les formes poétiques s'interpénètrent dans l'œuvre d'Aragon, les cultures et les peuples se rencontrent et se mélangent dans la Grenade du XVe siècle. Le génie d'Aragon consiste non seulement à maîtriser tous ces genres et styles, mais aussi à les utiliser pour apporter un sens supplémentaire à son œuvre.

LES GUERRES DU XXe SIÈCLE DANS *LE FOU D'ELSA*

Le Fou d'Elsa évoque un événement historique passé et lointain : la chute de Grenade en

1492. Cependant, l'œuvre sert aussi à Aragon à évoquer les grands événements qui ont déchiré son époque et son pays. On sait qu'Aragon a été profondément marqué par la Seconde Guerre mondiale et qu'il a été résistant. Après la guerre, il est resté engagé, puisqu'il a été très proche du parti communiste. Le livre a été publié en 1963, juste après la guerre d'Algérie. Il concentre des références à ces deux guerres et Aragon y déploie une thématique récurrente de ses poèmes : la possibilité de l'amour dans un monde dévasté par la guerre et l'absurdité humaine.

La ville de Grenade assiégée, avant sa chute telle qu'Aragon la décrit, n'est pas éloignée de la France avant sa défaite face à l'Allemagne, en 1940. On retrouve par exemple la suspicion croissante envers les Juifs, accusés d'empoisonner les puits. L'angoisse de la catastrophe à venir fait rechercher des boucs émissaires. Le lien entre les deux événements historiques est parfois explicite. Par exemple, dans les premières pages du livre, l'auteur parle d'un événement survenu à la fin de la Seconde Guerre mondiale en disant « Notre Grenade à nous était déjà tombée » (p.29). Plus loin, en racontant un déchainement de violence contre les Juifs dans Grenade assiégée au XVe siècle, Aragon opère une nouvelle comparaison avec la Seconde Guerre mondiale :

> « Partout pourtant plus que les traits dissemblables, les ressemblances ici m'assaillent et je comprends parce que j'ai vu ce que j'imagine : le cœur humain s'arrête toujours et partout de la même façon » (p.355).

Aragon joue même sur les dates : 1490, l'année où commence le temps du récit à Grenade, est l'anagramme de 1940. La chute de Grenade est comme un miroir au travers duquel Aragon nous parle de son époque.

Le Fou d'Elsa est aussi l'occasion d'une réflexion sur les liens entre les sociétés occidentales et le monde arabe, juste après la guerre d'Algérie (l'Algérie obtient l'indépendance en 1962, un an avant la publication du *Fou d'Elsa*). Aragon fait plus que rappeler les siècles d'interpénétration culturelle entre l'Occident et l'Orient, entre le monde musulman et le monde chrétien. Il s'improvise aussi historien et entame toute une réflexion sur l'écriture de l'histoire. Cette réflexion ce centre sur la figure du roi Boadbil, le dernier roi de Grenade. Ce roi est présenté par les historiens comme un monarque incompétent et lâche. Aragon commence une réflexion sur la façon dont s'écrit l'histoire. Il part d'un principe bien célèbre : l'histoire est écrite par les vainqueurs. Ici, ce sont les armées castillanes menées par le roi Ferdinand et de la reine Isabelle qui ont gagné la guerre. Les historiens occidentaux vont tourner en dérision le roi Boadbil, en le présentant comme un roi lâche. Pour l'écriture du *Fou d'Elsa*, Aragon mène une recherche sur la vie du roi Boadbil et la chute de Grenade. À travers ce livre, il nous dresse un portrait du roi Boadbil très différent de celui relayé jusqu'alors par les historiens : Aragon nous présente un roi rusé, intelligent et courageux en dépit de son jeune âge. Cette réflexion sur la façon dont l'histoire s'écrit et la réhabilitation d'un roi arabe dans l'histoire occidentale est un acte fort. *Le Fou d'Elsa* est écrit à la fin de la guerre d'Algérie, alors qu'une véritable bataille idéologique a lieu en France pour dénoncer ou légitimer les violences coloniales perpétrées par la France pendant la guerre et les répressions terribles pendant les manifestations de 1961. Aragon s'était distingué à cette époque par ses prises de position contre les agissements de l'État français en Algérie.

ARAGON ET ELSA, MEDJNOUN ET LEYLA : LA MÉTAPHORE DU MIROIR

Dans *Le Fou d'Elsa*, il est question d'un certain Keïs Ibn Amir, appelé Medjnoun « le fou », qui erre dans la ville de Grenade pour déclamer en poèmes et en prières son amour pour une femme qu'il nomme Elsa et qui n'existe pas encore. L'Elsa dont il est question n'est autre qu'Elsa Triolet, le grand amour de Louis Aragon, qui est au centre de toute sa création littéraire. Dans un roman paru plus tard – *La mise à mort* – Aragon écrit : « Tout ce que j'écris est une longue lettre tendue vers toi ». C'est à partir de ce constat qu'il faut comprendre l'histoire du Medjnoun dans *Le Fou d'Elsa*. À travers l'amour fou du Medjnoun, un personnage fictif, pour une femme bien réelle mais encore inexistante au moment du récit, Aragon brouille les frontières entre réalité et fiction. En fait, la fiction devient le miroir où se reflète l'amour de Louis Aragon pour Elsa Triolet. En effet, la métaphore du miroir est régulièrement utilisée par Aragon tout au long du texte pour illustrer la façon dont l'amour pour Elsa s'exprime à travers l'histoire de Grenade. Elle donne à l'ensemble de l'œuvre une architecture extrêmement complexe. Pour bien la comprendre, il faut d'abord savoir à quoi l'histoire du Medjnoun fait référence.

Le Medjnoun, souvent écrit Majnoun, est le personnage d'une histoire très célèbre dans la tradition littéraire arabe et persane : celle de Majnoun et Leïla. Il s'agit d'une histoire qui remonte à la Perse antique. La version la plus célèbre a été écrite au 12e siècle en persan par le poète Nezâmi. Dans *Le Fou d'Elsa*, Aragon s'appuie sur une version plus récente, également écrite par un poète persan nommé Djâmi, cette fois au XVe siècle, soit à l'époque de la chute de Grenade. Majnoun, aussi appelé Qaïs, serait tombé fol amoureux d'une femme nommée Leïla. À tel point qu'il chante son amour pour elle avant de l'avoir demandée en mariage auprès de sa famille. La famille de Leïla se sentant offensée, elle refuse le mariage et demande l'autorisation au calife de tuer Qaïs. Le calife fait convoquer Leïla, s'attendant à rencontrer une femme d'une grande beauté, mais s'étonne de l'aspect commun et disgracieux de Leïla. Il convoque alors Qaïs et l'interroge sur Leïla. Celui-ci explique au calife qu'il faut voir Leïla avec les yeux de

Majnoun (du fou) pour comprendre sa beauté. Dans les différentes versions de l'histoire, Qaïs, désormais surnommé Majnoun, est envoyé à la Mecque pour libérer son esprit de Leïla, sans succès. Il finit sa vie seul dans le désert avant d'être retrouvé mort. Dans certaines versions de l'histoire, il est raconté que Leïla vient visiter Majnoun et que celui-ci refuse de la voir en prétextant que « Leyla m'empêcherait un instant de penser à l'amour de Leyla ».

Cette histoire d'amour présente deux aspects majeurs qui vont beaucoup intéresser Aragon :

1. Le fait que Leyla ne peut être véritablement vue sans le regard du Majnoun, c'est-à-dire du fou d'amour.
2. La confusion que finit par faire le fou entre l'amour qu'il porte à Leyla et la jeune fille en chair et en os : le sentiment d'amour finit par surpasser l'être aimé.

Dans *Le Fou d'Elsa*, le Medjnoun est le seul à pouvoir véritablement voir Elsa, parce qu'elle n'existe pas encore. De plus, Aragon joue sur cette ambiguïté entre l'image d'Elsa et l'Elsa véritable. Ainsi écrit-il :

« On ne verra point le visage inventé de son visage » (p.221). À la fin d'un poème nommé Miroir et dont Medjnoun est le narrateur, Aragon écrit : « Et n'est plus miroir que d'Elsa » (p. 86). À propos de ce poème, Medjnoun déclare : « Ces vers signifient puisqu'enfin le secret t'en importe que dans ma poésie ou parfois je semble parler d'autre chose il n'est image qui ne serve à montrer Elsa, il n'est image que d'Elsa » (p.86). Il faut bien sûr y voir une intervention de l'auteur lui-même, qui explique à travers son personnage la clé de lecture nécessaire pour comprendre tout *Le Fou d'Elsa*, et peut-être même l'intégralité de son œuvre. La métaphore du miroir est poussée à l'extrême lorsqu'à la fin de l'ouvrage, Aragon s'adresse à son personnage, Medjnoun, qui lui aurait échappé pour devenir un concurrent de son amour pour Elsa :

> « Comprends-tu qu'il ne peut moi vivant ou mort n'y avoir qu'un seul miracle d'Elsa [...]
> Périsse tout ce qui n'est pas mon soleil d'aujourd'hui
> À commencer par toi fantoche de moi-même »
> (p.456)

Et Medjnoun déclare, sous la plume de l'auteur qui se répond donc à lui-même :

> « N'auras-tu point pitié des amants de Grenade
> Homme de l'avenir
> À briser le miroir où tu te regardais qui penses-tu
> punir
> Je ne suis que le reflet de toi la flamme au-dessus
> du cœur brûlé » (p.*457)*

Le thème de la jalousie conflictuelle entre le personnage par lequel Aragon exprime son amour pour Elsa et l'auteur lui-même est caractéristique de cette période-là de l'œuvre d'Aragon. On le retrouve de façon beaucoup plus poussée dans son roman *La Mise à mort*, qui explore plus en profondeur la métaphore du miroir, si chère à l'auteur.

PISTES DE RÉFLEXION

QUELQUES QUESTIONS POUR APPROFONDIR SA RÉFLEXION...

- « La femme est l'avenir de l'homme ». Cette citation célèbre revient plusieurs fois dans le livre d'Aragon. Dans quel contexte l'auteur l'écrit-il ?
- Aragon mélange plusieurs formes poétiques dans son œuvre. Lesquelles ? Pouvez-vous en identifier des caractéristiques ?
- Comment Aragon se sert-il de l'histoire de Medjnoun et Leila pour parler d'Elsa ?
- Au cours du récit, le Medjnoun est arrêté, jugé et emprisonné. Quelle faute a-t-il commise ?
- Pourquoi Aragon s'oppose-t-il à l'image qui est donnée de l'Émir Boadbil dans l'histoire ? Quels arguments avance-t-il ?
- Comment Aragon rapproche-t-il l'histoire de la prise de Grenade en 1492 avec les événements historiques du XXe siècle ?
- Aragon utilise la métaphore du miroir de plusieurs manières. Pouvez-vous en citer au moins deux ?

- À plusieurs reprises, l'auteur intervient directement dans la narration, jusqu'à parfois dialoguer avec les personnages. Comment ces interventions servent-elles au sens global du texte ?

Votre avis nous intéresse !
Laissez un commentaire sur le site de votre librairie en ligne
et partagez vos coups de cœur sur les réseaux sociaux !

POUR ALLER PLUS LOIN

ÉDITION DE RÉFÉRENCE

- ARAGON, L. *Le Fou d'Elsa*, Paris, Gallimard, 2015.

ÉTUDES DE RÉFÉRENCE

- MEDDEB, A. « Le sublime dans Le Fou d'Elsa. Entre Orient et Occident », Po & sie, vol. 141, no. 3, 2012, pp. 77-87.
- ARAGON, L. *Entretiens avec Francis Crémieux*, Paris, Gallimard, 1964
- HAROCHE, C. *L'idée de l'amour dans le Fou d'Elsa et l'œuvre d'Aragon*, Paris, Gallimard, 1966

SOURCES COMPLÉMENTAIRES

- ARAGON, L. *La mise à Mort*, Paris, Gallimard, 1965

SUR LEPETITLITTÉRAIRE.FR

- Fiche de lecture sur *Le roman inachevé* de Louis Aragon.

- Fiche de lecture sur *Le Paysan de Paris* de Louis Aragon.

Retrouvez notre offre complète sur lePetitLittéraire.fr

- des fiches de lectures
- des commentaires littéraires
- des questionnaires de lecture
- des résumés

DUMAS
- Les Trois
  Mousquetaires

ÉNARD
- Parlez-leur
  de batailles,
  de rois et
  d'éléphants

FERRARI
- Le Sermon sur la
  chute de Rome

FLAUBERT
- Madame Bovary

FRANK
- Journal
  d'Anne Frank

FRED VARGAS
- Pars vite et
  reviens tard

GARY
- La Vie devant soi

GAUDÉ
- La Mort du
  roi Tsongor
- Le Soleil des
  Scorta

GAUTIER
- La Morte
  amoureuse
- Le Capitaine
  Fracasse

GAVALDA
- 35 kilos d'espoir

GIDE
- Les
  Faux-Monnayeurs

GIONO
- Le Grand
  Troupeau
- Le Hussard
  sur le toit

GIRAUDOUX
- La guerre de
  Troie
  n'aura pas lieu

GOLDING
- Sa Majesté des
  Mouches

GRIMBERT
- Un secret

HEMINGWAY
- Le Vieil Homme
  et la Mer

HESSEL
- Indignez-vous !

HOMÈRE
- L'Odyssée

HUGO
- Le Dernier Jour
  d'un condamné
- Les Misérables
- Notre-Dame
  de Paris

HUXLEY
- Le Meilleur
  des mondes

IONESCO
- Rhinocéros
- La Cantatrice
  chauve

JARY
- Ubu roi

JENNI
- L'Art français
  de la guerre

JOFFO
- Un sac de billes

KAFKA
- La Métamorphose

KEROUAC
- Sur la route

KESSEL
- Le Lion

LARSSON
- Millenium 1. Les
  hommes qui
  n'aimaient pas
  les femmes

LE CLÉZIO
- Mondo

LEVI
- Si c'est un
  homme

LEVY
- Et si c'était vrai…

MAALOUF
- Léon l'Africain

MALRAUX
- La Condition humaine

MARIVAUX
- La Double Inconstance
- Le Jeu de l'amour et du hasard

MARTINEZ
- Du domaine des murmures

MAUPASSANT
- Boule de suif
- Le Horla
- Une vie

MAURIAC
- Le Nœud de vipères

MAURIAC
- Le Sagouin

MÉRIMÉE
- Tamango
- Colomba

MERLE
- La mort est mon métier

MOLIÈRE
- Le Misanthrope
- L'Avare
- Le Bourgeois gentilhomme

MONTAIGNE
- Essais

MORPURGO
- Le Roi Arthur

MUSSET
- Lorenzaccio

MUSSO
- Que serais-je sans toi ?

NOTHOMB
- Stupeur et Tremblements

ORWELL
- La Ferme des animaux
- 1984

PAGNOL
- La Gloire de mon père

PANCOL
- Les Yeux jaunes des crocodiles

PASCAL
- Pensées

PENNAC
- Au bonheur des ogres

POE
- La Chute de la maison Usher

PROUST
- Du côté de chez Swann

QUENEAU
- Zazie dans le métro

QUIGNARD
- Tous les matins du monde

RABELAIS
- Gargantua

RACINE
- Andromaque
- Britannicus
- Phèdre

ROUSSEAU
- Confessions

ROSTAND
- Cyrano de Bergerac

ROWLING
- Harry Potter à l'école des sorciers

SAINT-EXUPÉRY
- Le Petit Prince
- Vol de nuit

SARTRE
- Huis clos
- La Nausée
- Les Mouches

SCHLINK
- Le Liseur

SCHMITT
- La Part de l'autre
- Oscar et la
  Dame rose

SEPULVEDA
- Le Vieux qui
  lisait des romans
  d'amour

SHAKESPEARE
- Roméo et Juliette

SIMENON
- Le Chien jaune

STEEMAN
- L'Assassin
  habite au 21

STEINBECK
- Des souris et
  des hommes

STENDHAL
- Le Rouge et
  le Noir

STEVENSON
- L'Île au trésor

SÜSKIND
- Le Parfum

TOLSTOÏ
- Anna Karénine

TOURNIER
- Vendredi ou
  la Vie sauvage

TOUSSAINT
- Fuir

UHLMAN
- L'Ami retrouvé

VERNE
- Le Tour
  du monde
  en 80 jours
- Vingt mille
  lieues sous
  les mers
- Voyage au
  centre de
  la terre

VIAN
- L'Écume des jours

VOLTAIRE
- Candide

WELLS
- La Guerre des
  mondes

YOURCENAR
- Mémoires
  d'Hadrien

ZOLA
- Au bonheur
  des dames
- L'Assommoir
- Germinal

ZWEIG
- Le Joueur
  d'échecs

ISBN version numérique : 9782808014465
ISBN version papier : 9782808014472
Dépôt légal : D/2018/12603/483

Conception numérique : Primento,
le partenaire numérique des éditeurs.

Ce titre a été réalisé avec le soutien de la Fédération Wallonie-Bruxelles, Service général des Lettres et du Livre.

Analyse de l'œuvre

Par Steve MacGregor

Le Zéro et l'Infini

Arthur Koestler

Analyse de l'œuv[re]

Par Steve MacGr[...]

Le Zéro et l'Infi[ni]

Arthur Koestler

lePetitLittérair[e]

Rendez-vous sur lepetitlitteraire.fr et découvrez :

Plus de 1200 analyses
Claires et synthétiques
Téléchargeables en 30 secondes
À imprimer chez soi

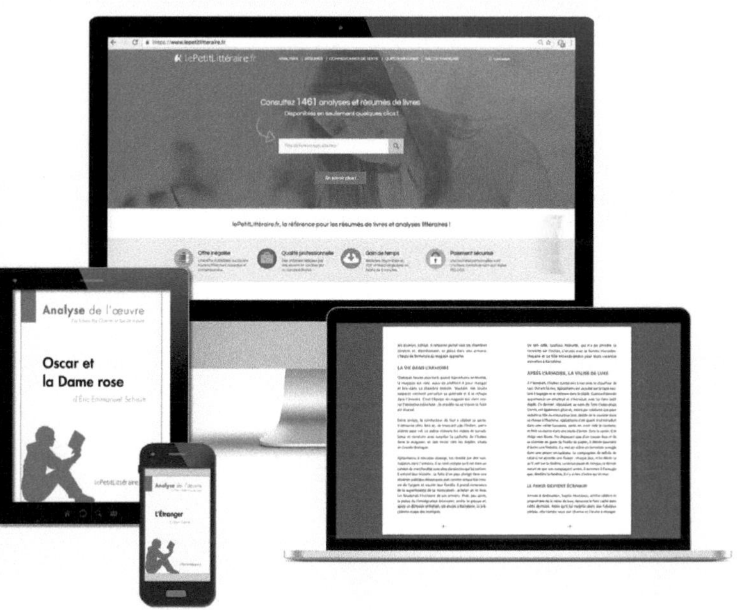

ARTHUR KOESTLER

AUTEUR, DRAMATURGE ET JOURNALISTE HONGRO-BRITANNIQUE

- **Né à Budapest, en Hongrie, en 1905.**
- **Décédé à Londres, en Angleterre, en 1983.**
- **Travaux notables :**
  - *Les Gladiateurs* (1939), roman
  - *Arrivée et départ* (1943), roman
  - *The God that Failed* (1949), recueil d'essais (Koestler était l'un des six contributeurs)
  - *Réflexions sur la pendaison* (1956), non-fiction

Arthur Koestler est un romancier, essayiste, dramaturge et commentateur politique d'origine hongroise. Il est surtout connu pour ses dissections du communisme et ses essais sur la responsabilité politique et la moralité personnelle. Après avoir étudié à l'université de Vienne, il demande à devenir membre du parti communiste allemand en 1931. Koestler devient journaliste et, alors qu'il couvre la guerre civile espagnole (1936-1939) en tant que correspondant pour des journaux britanniques, il est emprisonné par les fascistes. Dans les années 1930, il est désillusionné par la direction que le stalinisme a donné au mouvement communiste et se sépare du parti, utilisant ses expériences, y compris son internement comme agent soviétique présumé, pour créer certaines de ses œuvres les plus influentes.

Koestler écrit en anglais après 1940 – *Darkness at Noon* a été écrit à l'origine en allemand mais le manuscrit a été laissé derrière lui lorsque Koestler a fui en Grande-Bretagne alors que les nazis envahissaient la France. Heureusement, le roman avait déjà été traduit en anglais par un ami et envoyé à un éditeur au Royaume-Uni. Koestler devient citoyen britannique en 1948. Il se marie trois fois et s'intéresse au mysticisme et au paranormal plus tard dans sa vie. Koestler et sa dernière femme, qui croyait en l'euthanasie volontaire, se suicident lorsqu'il devient évident qu'il était en train de mourir d'une leucémie.

LE ZÉRO ET L'INFINI

DEMAIN, JE MOURRAI

- **Genre :** roman politique
- **Edition de référence :** Koestler, A. (1941) *Darkness at Noon*. Scribner ; Première édition américaine.
- **1ère édition :** 1940
- **Thèmes :** l'individu et le collectif, l'ancienne et la nouvelle garde politique, la responsabilité personnelle, la culpabilité.

Ce roman se déroule à l'époque des procès pour l'exemple organisés par Staline en Union soviétique dans les années 30. Ces événements publics étaient utilisés pour purger les membres du parti communiste considérés comme déloyaux. Le protagoniste, Nicolas Rubashov, fait partie de la vieille garde du parti, un révolutionnaire vieillissant, qui est arrêté et emprisonné pour des crimes présumés contre le parti. Au cours du roman, il nie puis avoue ces crimes qu'il n'a pas commis. À travers ses yeux et les nombreux interrogatoires, nous apprenons son histoire personnelle et l'histoire du parti communiste lorsqu'il se rappelle les événements de sa vie qui culminent dans ses derniers moments. Sur cette toile de fond, nous sommes amenés à examiner la responsabilité morale et la culpabilité personnelles et systémiques. Le roman a été très bien accueilli par la critique contemporaine et est régulièrement cité comme l'un des 100 meilleurs romans du XXᵉ siècle. Il a influencé des écrivains tels que George Orwell (romancier, essayiste et commentateur politique britannique, 1903 – 1950) et les mémoires d'autres dissidents.

RÉSUMÉ

RÊVES INTERROMPUS

Le livre commence avec le protagoniste, Nicholas Rubashov, seul dans une cellule de prison. La narration revient en arrière, quelques heures plus tôt, lorsqu'il est tiré de son sommeil et arrêté sur l'ordre du leader omnipotent n°1, le chef du parti politique sans nom qui dirige le pays dans lequel Rubashov vit. En tant que membre important de la vieille avant-garde du Parti, il n'est pas impressionné par les jeunes qui l'arrêtent et l'emprisonnent. Son arrestation est observée par le portier, Wassilij, un fidèle allié qui a combattu à ses côtés pendant la guerre.

Après s'être installé dans sa cellule, Rubashov entre en contact avec le prisonnier voisin, le n°402, un Russe blanc contre-révolutionnaire, grâce au code morse de la prison.

LE SOUVENIR DES TEMPS PASSÉS

L'histoire zigzague entre le passé et le présent, Rubashov se remémorant certains de ses comportements et actions passés. Il se souvient de son travail en Allemagne en tant que représentant du Parti, où il avait rencontré un membre appelé Richard qui avait imprimé ses propres brochures dans lesquelles il modifiait le message du Parti, ce pour quoi Rubashov l'avait réprimandé. Richard est terrifié lorsqu'il réalise que Rubashov va le dénoncer au Comité central pour ses actions. Rubashov reste insensible à la détresse du jeune homme. Ce souvenir le met mal à l'aise et il commence à se demander où le Parti et le mouvement ont fait fausse route.

Il se souvient d'un autre cas où il a été envoyé en Belgique pour expliquer à Little Loewy, un dirigeant syndical loyal, et à d'autres membres fervents du Parti pourquoi on leur demandait de rompre le boycott promis des pays fascistes sur les docks. L'homme avait refusé de suivre les ordres et s'était ensuite pendu lorsqu'il avait compris que le Parti était aussi corrompu et opportuniste que ceux qu'il prétendait combattre.

TECHNIQUES D'INTERROGATOIRE

Après un certain temps, au cours duquel il souffre de maux de dents, d'un manque de cigarettes et d'ennui, Rubashov est emmené pour son premier interrogatoire avec son vieil ami et cadre, Ivanov. Ivanov laisse entendre que, même s'il reconnaît que Rubashov n'est peut-être coupable de rien, il est préférable pour le Parti qu'il accepte sa culpabilité et signe une déclaration à cet effet. De cette façon, le Parti gardera la face et Rubashov ne sera pas exécuté. Cependant, Rubashov remet en question cette décision en se demandant si les choix que lui, le Parti et le n°1 ont faits seront pardonnés par l'histoire ou si leurs péchés doivent être payés.

Au cours de l'entretien suivant, un jeune membre du Parti sans humour, Gletkin, accompagne Ivanov et veut torturer Rubashov, mais Ivanov intervient car il pense que l'intellect et l'expérience de Rubashov le mèneront à une conclusion logique, sans avoir besoin de recourir à des tactiques lourdes.

De retour dans sa cellule, Rubashov se souvient d'une liaison qu'il a eue avec sa secrétaire, Arlova. Elle était accusée de subvertir la propagande du Parti et Rubashov avait fini par la trahir, entraînant son exécution. Ce souvenir commence à l'inquiéter. Alors qu'il réfléchit à son action, un nouveau prisonnier, 406, connu sous le surnom de Rip Van Winkle, apparaît. Il a passé 20 ans en isolement.

JE DOIS RESTER OU PARTIR ?

Rubashov va chez le barbier, qui lui fait passer une note lui disant de mourir en silence. Rubashov commence à considérer sérieusement l'offre d'Ivanov, d'autant plus que ses conditions de détention se sont améliorées et qu'il a le temps de réfléchir à l'offre. L'exécution de son ancien mentor et camarade Bogrov, qui crie le nom de Rubashov alors qu'il est traîné vers la mort, le secoue et il commence à remettre en question la logique et l'absence d'émotion qui ont présidé à ses relations avec les gens tout au long de sa vie au sein du Parti. Ivanov n'est pas du tout d'accord avec cette approche bourgeoise de la vie, qu'il considère comme sentimentale et trop émotive.

LA LOI DU PLUS FORT

Après avoir longuement réfléchi et s'être débattu avec sa moralité, Rubashov décide d'accepter l'offre d'Ivanov et de signer la confession. Cependant, lorsqu'il est emmené pour son prochain interrogatoire, c'est Gletkin, et non

Ivanov, qui lui fait face. La jeune garde a remplacé la vieille garde et Ivanov va mourir pour son approche douce de Rubashov. Gletkin agit comme si les accusations portées contre Rubashov étaient vraies. Il fait venir Hare-lip, le fils d'un ami, qui accuse Rubashov de refuser de réécrire les livres pour qu'ils reflètent la vision de l'histoire du Parti, et raconte comment Rubashov avait voulu l'engager pour assassiner le n°1 avec du poison. Rubashov utilise la logique pour prouver que c'est impossible, mais Gletkin n'en tient pas compte et commence à utiliser des techniques telles que les lumières aveuglantes et la privation de sommeil pour faire craquer Rubashov.

Rubashov oblige Gletkin à examiner chaque accusation en détail, mais commence à sentir que la réalité et les rêves se confondent. Il signe les chefs d'accusation et l'approche de Gletkin, qui consiste à utiliser la torture pour parvenir aux fins requises, est justifiée à ses yeux.

LA FÊTE EST TERMINÉE

La narration passe au portier et à sa fille lisant un journal, qui leur apprend que Rubashov est en procès et qu'il n'a réfuté aucune des accusations portées contre lui. Le portier croit toujours que Rubashov est un héros, mais il doit se taire devant sa fille, fidèle membre du Parti. À travers les yeux de Rubashov, nous assistons au déroulement du procès et sommes témoins de son combat pour concilier les besoins de l'individu et le collectivisme de la société.

Rubashov est conduit à sa mort, après quoi il ne reste que le silence.

ÉTUDE DE CARACTÈRE

NICHOLAS SALMANOVITCH RUBASHOV

Rubashov est le protagoniste de ce roman, un ancien commissaire du peuple, l'un des premiers révolutionnaires et architectes de la nouvelle société communiste et un héros de guerre. C'est un homme de petite taille, d'une cinquantaine d'années, qui porte des lunettes et une barbe de bouc. Ce personnage est un amalgame de Léon Trotski (révolutionnaire, homme politique et théoricien politique russe, 1879-1940) et de Vladimir Lénine (révolutionnaire, homme politique et théoricien politique russe, 1870-1924).

Rubashov a été un fidèle serviteur du Parti, faisant ce qu'il fallait pour faire avancer le mouvement auquel il croyait ardemment, récompensé par des postes de pouvoir et survivant grâce à son intelligence et ses contacts. Cependant, il est désormais considéré comme faisant partie de la vieille garde et comme une menace possible pour le n°1, et il est emprisonné avant d'être jugé et exécuté pour de fausses activités contre-révolutionnaires, notamment un prétendu complot visant à empoisonner le grand chef.

En prison, Rubashov, qui a déjà de sérieux doutes sur la direction que prend le Parti, a le temps de réfléchir et de penser à ses actions passées. Nous apprenons qu'il a envoyé des gens à la mort, même ceux qu'il aime, pour faire avancer la cause. C'est un homme à la moralité contradictoire, capable de perspicacité intellectuelle et d'autoréflexion. C'est un homme lettré, très intelligent, qui a pris une sombre conscience de lui-même et qui a développé un sens de l'ironie et de l'humour noir à propos de sa situation, réalisant qu'il est maintenant dans la position où ses actions ont envoyé d'autres personnes. Lorsqu'il est interrogé par Ivanov, il dit à son ancien camarade : « Arrêtez cette comédie » (La première audience, chapitre 7).

Le personnage de Rubashov représente une combinaison d'intellectuels et de révolutionnaires soviétiques à l'ancienne qui sont tombés en disgrâce après la révolution, lorsque le communisme est passé de son objectif initial d'idéologie globale à la politique du socialisme dans un seul État. Ce groupe a été marginalisé car il a vu son parti et ses idéaux repris par le sinistre n°1, qui symbolise Joseph Staline (révolutionnaire géorgien et homme politique soviétique, 1878-1953) et ses nouveaux cadres. Certains membres du Parti ont également tourné le dos au communisme dans les années 1930, lorsque la brutalité du régime est devenue évidente. Rubashov symbolise à la fois ce groupe et Koestler lui-même, qui est passé du statut de partisan à celui de détracteur du mouvement.

IVANOV

Ivanov est le premier interrogateur de Rubashov, et un vieux camarade et ami. Il semble chevaucher l'ancien et le nouveau camp avec aisance, tout en exerçant son pouvoir considérable pour servir les besoins du Parti : « La plus grande tentation pour les gens comme nous est… de se repentir, de faire la paix avec soi-même... » (La deuxième audition, chapitre 6). Ivanov est un homme poli, intelligent et réfléchi. Il a une dette envers Rubashov pour lui avoir sauvé la vie pendant la guerre civile et le considère comme un individu rationnel qui arrivera à la bonne conclusion sans torture, lui évitant ainsi une mort certaine. Cependant, il semble que lui aussi ait des doutes sur ce qui se passe dans le pays. Bien qu'il reproche à Rubashov d'être sentimental, il laisse ses propres sentiments à l'égard de son ami influencer la façon dont il le traite, lui accordant des privilèges et le temps de choisir sa propre voie. Ce traitement spécial et son manque de sensibilisation aux forces motrices de la nouvelle génération conduisent finalement à sa propre chute et à son exécution.

GLETKIN

Gletkin est le co-interrogateur avec Ivanov. C'est un homme jeune, droit et sans humour qui croit totalement en la voie du Parti et qui pense que ce qu'il fait est juste. Physiquement sans prétention et à lunettes, il croit que la torture est le moyen le plus efficace d'obtenir des aveux et ne remet jamais en question la validité des accusations portées contre Rubashov. Réprimandé par Ivanov au cours d'un interrogatoire pour son comportement, Gletkin fait son devoir et dénonce Ivanov pour son traitement préférentiel d'un prisonnier, ce qui entraîne la mort de son patron et lui permet de devenir le principal interrogateur. Ses tactiques persuadent Rubashov d'avouer, bien que ce dernier en profite pour débattre de chaque point avec lui.

Il est le contre-pied d'Ivanov, représentant la jeune garde qui croit que les actions et les pensées d'une personne ont la même fin. Il représente les masses, inconditionnelles et incultes, qui n'ont aucun sens de l'histoire, les paysans mêmes que Rubashov et Ivanov ont entrepris de libérer et auxquels ils ont donné le pouvoir et que Rubashov qualifie maintenant de Néandertaliens, reflétant exactement les sentiments que les Russes blancs avaient à son égard et à l'égard de ses compagnons à une époque antérieure : « Les masses sont devenues sourdes et muettes » (La première audition, chapitre 14).

WASSILIJ

Il est le portier de Rubashov et un ancien soldat, et il idolâtre l'homme. Vieux, de plus en plus fragile et dépendant de sa fille, il est également chrétien et représente l'histoire conflictuelle de la Russie, où la religion, la révolution et les nouvelles croyances politiques s'affrontent et se chevauchent dans une coexistence difficile. Il cache ses croyances religieuses à sa fille, ainsi que son amour pour Rubashov, qu'elle considère comme un traître avoué, ce qui met en lumière le conflit intergénérationnel entre ceux qui se souviennent de l'histoire de la révolution et ceux qui ne s'en souviennent pas.

LES PRISONNIERS

Prisonnier 402

Il est le voisin de Rubashov, occupant la cellule adjacente dans la prison, et ils communiquent en frappant sur le mur l'un à l'autre. C'est un monarchiste et un Russe blanc qui soutient toujours le tsar. Bien que le prisonnier 402 soit grossier et vulgaire, il a aussi de l'honneur et croit qu'il faut rester fidèle à ses idéaux, et il est choqué par la confession de Rubashov. Ironiquement, il est la dernière personne à qui Rubashov parle avant de mourir, les extrémités du cercle se rencontrant alors que leurs positions deviennent pratiquement identiques.

Lèvre de lièvre

Il est le fils d'un vieil ami de Rubashov et c'est un jeune homme effrayé qui trahit Rubashov en mentant au sujet d'un complot visant à tuer le n°1 dans le but de rendre sa propre sentence moins sévère. Dans ce rôle, il peut être comparé à Pierre trahissant Jésus, et il est également un autre exemple de membre de la jeune garde qui semble manquer de force ou d'intégrité.

Michael Bogrov

Il était le compagnon de chambre de Rubashov lorsqu'ils étaient exilés après l'une des premières tentatives ratées de la révolution. C'est un ancien commandant de l'armée, courageux et fort. Il a été le professeur de Rubashov sur le plan intellectuel, mais il est tombé en disgrâce et lorsqu'il est conduit à la mort, il n'est plus qu'une épave en lambeaux. Observé par Rubashov, il crie le nom de Rubashov : « Le gémissement de Bogrov a déséquilibré l'équation » (La deuxième audition, chapitre 6). Cet incident est le catalyseur qui permet à Rubashov de commencer à réévaluer son passé et à remettre en question la direction du Parti et la forme que devrait prendre le reste de sa vie.

MOI OU NOUS ?

Un thème central du roman est la tension entre les besoins individuels et collectifs. Selon la pensée communiste, les besoins de l'individu sont secondaires par rapport aux besoins de l'ensemble de la société. Cette idée se reflète dans le comportement passé de Rubashov envers Richard, le petit Loewy et sa secrétaire, lorsqu'il soumet leurs besoins en tant que personnes à la volonté de la collectivité, avec peu d'émotion ou de doute : « Car tout ordre est pour le bien de la communauté, et l'individu doit être sacrifié au bien commun » (La deuxième audition, épigraphe). Plus tard, il en vient à remettre en question son comportement à l'égard de ces personnes et, en fait, sa propre situation de petit rouage dans la grande roue de l'État le pousse à réfléchir à la moralité de ce qu'il a fait au nom du Parti. Koestler fait en sorte que son protagoniste examine ce conflit tout au long du roman en faisant référence à cette partie de lui-même qui s'interroge comme la « fiction grammaticale » qui pourrait potentiellement miner l'État. Dans les conversations entre Rubashov, Ivanov et Gletkin, l'écrivain réfléchit aux divisions internes qui ont conduit à sa propre séparation du Parti communiste et à celle de nombreux idéalistes de l'époque : « Logiquement, vous avez peut-être raison. Mais j'en ai assez de ce genre de logique » (La première audition, chapitre 6).

ON SORT DU VIEUX, ON RENTRE DU NEUF...

Dès le début du roman, le lecteur est sensibilisé au thème du conflit entre l'ancienne et la nouvelle garde. Staline a succédé à Lénine à la tête du parti communiste, et Koestler reflète cet événement et ses conséquences dans le roman. Rubashov est un cadre expérimenté du Parti et Gletkin est le représentant de la nouvelle garde, en contrepoint également de son patron plus âgé, Ivanov. Le rêve communiste idéaliste d'une révolution mondiale a été détruit, au sens propre comme au sens figuré, par les purges et les procès-spectacles et par la nouvelle idéologie introduite par le n°1, qui représente Staline. Rubashov qualifie cette nouvelle garde de Néandertaliens, de retours à une époque plus brutale et irréfléchie : «... ils n'ont pas besoin de renier leur passé, car ils n'en avaient pas» (La deuxième audition, chapitre 3). L'ascension de cette nouvelle génération est illustrée par le fait que le maniéré Ivanov est conduit à la mort pour avoir traité Rubashov avec trop de politesse, et que Gletkin, sans humour mais efficace, prend la relève.

QUI A TIRÉ SUR COCK ROBIN ?

Koestler utilise Rubashov et ses actions passées pour examiner le thème de la responsabilité personnelle dans le roman. Le comportement de Gletkin est efficace : il suit les ordres et fait son travail, mais a-t-il une quelconque responsabilité personnelle pour ses actions dans ce cas ? S'il fait de son mieux pour le bien collectif, c'est une question qui reste inconfortable à aborder : « Soit c'était bien, soit c'était mal de sacrifier Richard... mais qu'est-ce que le bégaiement de Richard... avait à voir avec la justesse ou la fausseté objective de la mesure elle-même ? » (La deuxième audition, chapitre 7). Rubashov a agi exactement de la même manière, pour les mêmes raisons, dans le passé. Nous apprenons qu'il a trahi son amante et l'a envoyée à la mort pour exactement les mêmes raisons qu'Ivanov et ensuite Gletkin se comportent comme ils le font : les besoins généraux du Parti. Bien qu'il montre une certaine émotion à propos de ses actions passées, Rubashov ne ressent jamais de réel remords. Il a, par le passé, servi des chefs qui utilisaient des tactiques similaires à celles du n°1, et Koestler explore dans le roman l'ambiguïté morale de ce comportement pour l'individu au sens large.

LE CONFLIT INTÉRIEUR

Koestler présente le roman principalement à la troisième personne, à travers les yeux du protagoniste, Rubashov. Cela lui permet d'introduire les conflits philosophiques et moraux qui sont les thèmes centraux du roman dans les débats et monologues internes de ce personnage. Cela lui donne également un porte-parole pour ses propres opinions politiques. D'autres personnages apparaissent brièvement en tant que narrateurs, tels que le portier et sa fille, qui font avancer l'histoire sans quitter le cadre principal de l'atmosphère claustrophobe de la prison. La référence non spécifique au n°1 et au Parti confère au roman une longévité et un éventail de références qui n'auraient pas été possibles si Koestler avait été précis quant aux événements historiques qui ont inspiré cette écriture. Ainsi, les thèmes explorés ici peuvent être appliqués à des systèmes politiques modernes similaires. Il ne fait également aucun doute que les réflexions de Rubashov représentent la lutte que Koestler a dû mener pour passer d'un membre enthousiaste du Parti communiste à un critique fervent dans sa propre vie : « Il a dû suivre la route jusqu'à la fin » (La troisième audition, chapitre 4).

J'AI FAIT UN RÊVE...

Le roman brouille les frontières entre le rêve et la réalité, le début étant marqué par le fait que Rubashov se réveille d'un rêve pour être arrêté. Cela symbolise le rêve brisé que le communisme est devenu pour le protagoniste du roman, ainsi que le reflet de cette réalité dans la vie de l'auteur et dans l'histoire de l'Union soviétique. Plus tard, Rubashov ressent le même sentiment d'irréalité en prison, alors que ses rêveries le conduisent au plus profond de son âme : « Sa sphère mentale semblait être composée de... parties déconnectées... et de l'état d'hébétude induit par les rêveries » (La deuxième audition, chapitre 3).

LE SENS PROFOND

Koestler utilise des symboles tout au long de ce roman, dont le plus frappant est le mal de dents régulier et grinçant dont souffre Rubashov. C'est quelque chose qu'il a toujours eu, mais qui représente la douleur sous-jacente qu'il ressent à propos de ses pensées et comportements passés. Elle s'estompe à mesure qu'il accepte que sa comptabilité strictement mathématique de la société humaine est peut-être profondément défectueuse. L'iconographie chrétienne est un autre symbole récurrent. Koestler utilise des citations chrétiennes dans ses épigraphes pour renforcer cette idée. Alors que la révolution a rejeté toute croyance religieuse, de nombreux personnages utilisent le symbolisme de la religion, de manière ouverte ou cachée. Le portier voit Rubashov comme un agneau sacrifié, Rubashov considère sa propre position comme similaire à celle d'un moine méditant dans sa cellule, et même sous le regard froid des portraits du n°1, il est sous-entendu que les croyances religieuses profondément enracinées du pays prérévolutionnaire influencent toujours ses citoyens.

Plus ouvertement, il a été suggéré que le titre du livre pourrait faire référence au moment précédant la crucifixion du Christ, lorsqu'une étrange obscurité est tombée sur le lieu de sa crucifixion en plein jour.

RACINES ET BRANCHES

Le livre a été publié en 1940, pendant la Seconde Guerre mondiale (1939-1945), et il reflète des expériences personnelles et universelles avec le parti communiste. La révolution russe a été déclenchée par les bolcheviks pendant la première guerre mondiale, afin de renverser le tsar et la chrétienté russe orthodoxe, et d'entamer une révolution mondiale. La révolution était dirigée par Lénine et Trotsky, personnages incarnés par Rubashov et

Ivanov dans le roman. Après la mort de Lénine, le mouvement, déjà en proie à des divisions internes, a été repris par le soupçonneux et brutal Staline et est passé d'une vision de fraternité mondiale à une politique repliée sur elle-même et totale de socialisme dans un seul pays. On dit des révolutionnaires qu'« ils rêvaient du pouvoir dans le but d'abolir le pouvoir » (La Première Audience, chapitre 12).

Les événements représentés dans le livre sont les purges staliniennes et les procès spectacles des années 1930. De vieux cadres du parti, des trotskystes et des paysans riches ont été écartés et contraints d'avouer des crimes qu'ils n'avaient pas commis, souvent sous la torture ou sous la menace de nuire à leur famille. Nombre d'entre eux ont ensuite été exécutés. Le roman décrit la propre désillusion de l'auteur et aussi sa peur du système communiste. Ce doute touchait de nombreux anciens membres du parti communiste, comme l'écrivain George Orwell (1903-1950), qui a exploré des thèmes similaires dans son roman allégorique *Animal Farm* (1945, Londres : Secker and Warburg).

L'objectif de Koestler de rendre ses critiques subtiles mais universelles se reflète dans le fait qu'il ne précise jamais qui il écrit. Il y a des références au simple n°1 ou au Parti, mais jamais à Staline ou au communisme. Ironiquement, c'est cette approche qui rend le livre si pertinent à l'époque moderne. En effet, lors de sa publication, les thèmes et les idées plus larges de ce livre ont été appliqués par beaucoup au régime de l'Allemagne nazie et ont été appliqués à de nombreux régimes totalitaires depuis. Les récents procès pour l'exemple en Chine ont été comparés par certains commentateurs aux événements de ce roman. Le refus délibéré de Koestler de placer ce roman dans un cadre historique précis explique en partie sa pertinence continue et universelle.

POURSUITE DE LA RÉFLEXION

QUELQUES QUESTIONS À MÉDITER...

- Dans quelle mesure Rubashov mérite-t-il son sort ? Expliquez votre réponse.
- Êtes-vous d'accord pour dire que le pouvoir absolu corrompt absolument ? Quels exemples de ce phénomène pouvez-vous citer à l'époque moderne pour étayer votre point de vue ?
- Pourquoi pensez-vous que Rubashov capitule lors de son procès spectacle ?
- Dans quelle mesure pensez-vous que les expériences personnelles de Koestler affectent son sens de l'équilibre dans le roman ?
- Est-il jamais possible pour un individu de changer d'institution ? Expliquez votre réponse.
- « Car le mouvement était sans scrupules... elle roulait vers son but sans se soucier de rien... » (La première audience, chapitre 13). Est-il toujours vrai que les individus doivent être sacrifiés pour que le changement politique ait lieu ?
- En quoi le roman serait-il différent s'il était écrit du point de vue narratif des interrogateurs ?
- Quelles autres interprétations du titre du livre pourrait-il y avoir ?
- La nouvelle garde balaie l'ancienne garde au cours du roman. Koestler traite-t-il la nouvelle génération de manière équilibrée ? Expliquez votre réponse.

AUTRES LECTURES

EDITION DE RÉFÉRENCE

- Koestler, A. (1941) *Darkness at Noon.* Scribner ; Première édition américaine.

SOURCES SUPPLÉMENTAIRES

- Koestler, A. (1954) *The Invisible Writing : Le deuxième volume d'une autobiographie.* Londres : Collins.
- Scammell, M. (2009) *Koestler : The Literary and Political Odyssey of a Twentieth-Century Skeptic.* New York : Random House Inc.

ADAPTATIONS

- Une adaptation de *Darkness at Noon* pour la scène a été écrite par le dramaturge américain Sidney Kingsley et présentée pour la première fois à Broadway en janvier 1951. La version originale de Broadway mettait en vedette Claude Rains dans le rôle de Rubashov et lorsque le spectacle est parti en tournée, le rôle principal a été tenu par Edward G. Robinson.
- En mai 1955, une adaptation télévisée de *Darkness at Noon de* 90 minutes, réalisée par Delbert Mann et avec Lee J. Cobb dans le rôle de Rubashov, a été diffusée aux États-Unis par NBC dans le cadre de la série d'anthologie *Producers' Showcase.*
- Un film de 1956 du réalisateur japonais Tadashi Imai s'intitule *Mahiru no ankoku* (Darkness at Noon) mais, bien

que traitant de thèmes similaires (confessions forcées, interprétations différentes des événements passés, etc.), il ne s'agit pas d'une adaptation directe de cette œuvre.

- Une adaptation de *Darkness at Noon par* BBC Radio 4 a été écrite par Simon Scardifield et basée sur le manuscrit original de Koestler, que l'on pensait perdu jusqu'à ce qu'il soit redécouvert dans une bibliothèque de Zurich en 2010. Cette adaptation a été diffusée en 2017 dans le cadre de la série *Dangerous Visions*.

Votre avis nous intéresse !
Laissez un commentaire sur le site de votre librairie en ligne
et partagez vos coups de cœur sur les réseaux sociaux !

lePetitLittéraire.fr

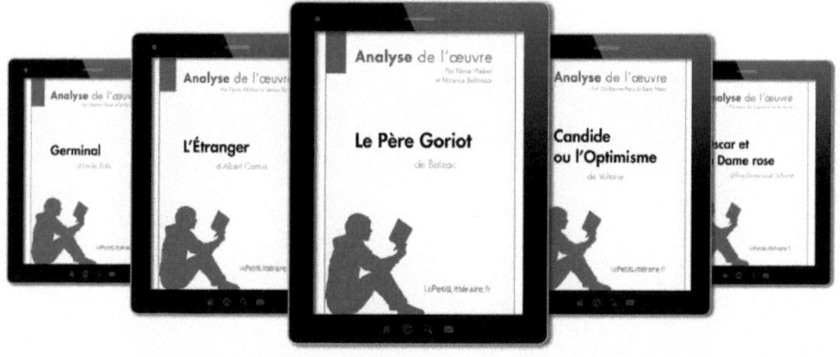

- des analyses de livres
- des fiches de lectures
- des commentaires littéraires
- des questionnaires de lecture
- des résumés

**Retrouvez
notre offre complète sur
lePetitLittéraire.fr**

ISBN version numérique : 9782808684798
ISBN version papier : 9782808685597
Dépôt légal : D/2023/12603/1059

Conception numérique : Primento,
le partenaire numérique des éditeurs.